www.ingramcontent.com/pod-product-compliance
Lightning Source LLC
LaVergne TN
LVHW010605070526
838199LV00063BA/5076
9788196113452

سات بیوقوف عورتیں

(بچوں کا ناول)

مصنف:

اے آر خاتون

© Taemeer Publications

Saat bewuqoof Aurtein *(Kids novel)*
by: A. R. Khatoon
Edition: April '2023
Publisher & Printer:
Taemeer Publications, Hyderabad.

ISBN 978-81-961134-5-2

مصنف یا ناشر کی پیشگی اجازت کے بغیر اس کتاب کا کوئی بھی حصہ کسی بھی شکل میں بشمول ویب سائٹ پر اَپ لوڈنگ کے لیے استعمال نہ کیا جائے۔ نیز اس کتاب پر کسی بھی قسم کے تنازع کو نمٹانے کا اختیار صرف حیدرآباد (تلنگانہ) کی عدلیہ کو ہو گا۔

© تعمیر پبلی کیشنز

کتاب	:	**سات بیوقوف عورتیں**
مصنف	:	**اے آر خاتون**
صنف	:	ادب اطفال
ناشر	:	تعمیر پبلی کیشنز (حیدرآباد، انڈیا)
زیر اہتمام	:	تعمیر ویب ڈیولپمنٹ، حیدرآباد
سالِ اشاعت	:	۲۰۲۳ء
تعداد	:	(پرنٹ آن ڈیمانڈ)
طابع	:	تعمیر پبلی کیشنز، حیدرآباد – ۲۴
صفحات	:	۸۰
سرورق ڈیزائن	:	تعمیر ویب ڈیزائن

فہرست

	سات خیلائیں (مقدمہ)	10
(۱)	پہلی عورت کی کہانی	15
(۲)	دوسری عورت کی کہانی	23
(۳)	تیسری عورت کی کہانی	30
(۴)	چوتھی عورت کی کہانی	39
(۵)	پانچویں عورت کی کہانی	46
(۶)	چھٹی عورت کی کہانی	54
(۷)	ساتویں عورت کی کہانی	63

ان بچیوں کے نام

جن کے پیہم اصرار سے
یہ کہانی شائع کی جا رہی ہے

اَدب اک تاج ہے لطفِ خدا کا
تو رکھ سر پر جہاں چاہے چلا جا

کسی نے لقمان سے پوچھا۔
"آپ نے ادب کس سے سیکھا؟"
بولا "بے ادبوں سے"
دریافت کیا "کیسے۔؟"
کہا" ان کی جو حرکت مجھے ناپسند آئی، اس سے اپنا دامن بچالیا۔"

نہ ہو جس میں اَدب
اور ہو کتابوں سے لدا پھرتا
ظفر اس آدمی کو
ہم تصور بَیل کرتے ہیں

سات خیلائیں

پیاری بچیو! آپ کو سات خیلاؤں کی کہانی سنائیں.
آپ پوچھیں گی "خیلا" کون ہوتی ہے۔ سنئے ہمارے ہاں نہایت بے وقوف عورت کو خیلا کہتے ہیں۔ وہ بالکل ہی پاگل دیوانی نہیں ہوتی۔ اپنے گھر کے کام کاج سب کچھ کرتی ہے۔ کھانا پکاتی ہے، کپڑے سیتی ہے اور بھی سب کچھ کرتی ہے۔ لیکن بعض حرکتیں عجیب قسم کی کرجاتی ہے۔ آپ ان عورتوں کے قصے سن کر خود ہی سمجھ جائیں گی۔
اچھا تو سنئے! کسی گاؤں میں سات خیلائیں ایک جگہ

آکر رہیں۔ سارا دن چرخا کاتا کرتی تھیں۔ جب ان کے پاس بہت سا سوت اکٹھا ہوگیا تو سب نے صلاح کی کہ اس کو شہر لے جاکر بیچ دیں۔ مگر پردہ نشین عورتیں تھیں۔ دن کے وقت نہیں نکلتی

اچھا بچو! ایک دن رات کو چادریں اوڑھ کر سوت کی گٹھریاں سروں پر رکھ کر گھروں سے نکلیں۔ شہر پہنچتے پہنچتے رات کے بارہ بج گئے۔ گشت کے سپاہی پہرہ دے رہے تھے۔ انہوں نے جو دیکھا کہ سات عورتیں سروں پر گٹھریاں رکھے چلی آرہی ہیں۔ وہ سمجھے چور ہیں۔ دور سے للکارا۔

"کون ہو؟ کہاں سے آرہی ہو؟"

یہ ساتوں ڈر گئیں۔ کوئی جواب نہیں دیا۔ سپاہی نے قریب آکر پوچھا۔

"بولتی کیوں نہیں۔؟ یہ تمہارے سروں پر کاہے کی گٹھریاں رکھی ہیں"

ایک عورت نے ڈرتے ڈرتے جواب دیا۔

"بھیا! یہ سوت ہے۔ ہم اسے شہر بیچنے جارہے ہیں"

سپاہی نے ڈانٹ کر کہا۔

"ہمیں بے وقوف بناتی ہو۔ رات کے بارہ بجے کون سا بازار کھلا ہے جو تم سوت بیچنے چلی ہو۔ ضرور کہیں سے چوری کرکے آرہی ہو۔ چلو میرے ساتھ تھانے"

یہ ساتوں ہاتھ جوڑنے لگیں۔ سپاہی سے منت خوشامد کی اس نے ایک نہ سنی۔ اپنا ڈنڈا اٹھاکر کہا "سیدھی طرح چلو ورنہ اس سے تمہاری خبر لوں گا"

غریب عورتوں کا برا حال تھا۔ وہ مارے ڈر کے تھر تھر کانپتی اس کے پیچھے چلنے لگیں۔ تھانہ پہنچ کر سپاہی نے داروغہ جی سے رپورٹ کی۔ وہ اس وقت سو رہے تھے۔ نیند میں انہوں نے کہہ دیا۔
" حوالات میں بند کر دو "
خیر بچو! یہ ساتوں ایک کوٹھری میں بند کر دی گئیں۔ اس میں صرف ایک کھڑکی تھی۔ جو برآمدے میں کھلتی تھی۔ لوہے کی سلاخیں لگی ہوئی تھیں۔ کھڑکی کے قریب برآمدہ میں داروغہ جی کا پلنگ بچھا ہوا تھا۔
حوالات کی کوٹھری میں بند ہو کر پہلے تو یہ ساتوں اپنی قسمت پر روتی رہیں۔ جب رو دھو کر دل ہلکا ہو گیا تو آپس میں باتیں کرنے لگیں۔ ایک نے کہا۔
" بہن! رات کیسے کٹے گی۔ کوئی کہانی قصہ شروع کرو "

دوسری بولی۔

"آپ بیتی سنو گی یا جگ بیتی؟"

تیسری نے کہا۔

"بہن آپ بیتی سناؤ۔ جگ بیتی سن کر کیا کریں گے۔"

اچھا بچو! اب آپ ساتوں کی آپ بیتیاں سنیئے اور اس سے سبق حاصل کیجئے۔

(۱)

پہلی خَیلا نے اپنا قصّہ اس طرح بیان کرنا شروع کیا۔
"میں ایک چپراسی کی بیوی تھی۔ گھر میں نہ کوئی ساس تھی نہ نند۔ دونوں میاں بیوی آرام سے رہتے۔ جو جی چاہتا پکاتی۔ میاں کے پاس جتنا روپیہ تھا اس کا انہوں نے مجھے زیور بنوا دیا تھا۔ کانوں میں سونے کے جھمکے گلے میں سونے کی چمپا کلی۔ ماتھے پر ٹیکا۔ ہاتھوں میں سونے کے کڑے، اس کے علاوہ پاؤں میں چاندی کی

پازیب اور لچھے بھی تھے۔

میاں نے مجھ سے کہہ دیا تھا کہ بیوی اپنا زیور احتیاط سے رکھنا۔ نوکری کا کوئی بھروسہ نہیں ہے۔ حاکم بہت بدمزاج ہے۔ ہمیشہ مجھ سے ناراض رہتا ہے۔ اگر خدا نخواستہ نوکری جاتی رہی تو زیور بیچ کر کوئی دوکان کرلوں گا۔ ہزار ڈیڑھ ہزار کا زیور ہے۔

میں نے ان کو اطمینان دلایا کہ میں کیا پاگل ہوں سارا زیور بکس میں رکھتی ہوں۔ ہر وقت تالا پڑا رہتا ہے۔ کنجی میں اپنے کمر بند میں باندھتی ہوں۔

وہ مطمئن ہوگئے۔ اکیلے میں میرا دل بہت گھبراتا تھا چھ مہینے شادی کو ہوگئے تھے۔ مگر بچے سے گود خالی تھی۔ میں نے میاں سے کہہ کر ایک بکری منگوالی تھی۔ اور اس کا نام بدھو رکھا تھا۔ سارا دن اس سے اپنا دل بہلایا کرتی

تھی۔ میاں صبح ناشتہ کرکے دفتر چلے جاتے تھے۔ دوپہر کا کھانا کھانے گھر آتے تھے۔

ایک دن ایسا ہوا کہ میاں کو آنے میں دیر ہو گئی میں انتظار کرتے کرتے تھک گئی۔ بھوک کے مارے میرا برا حال تھا کیوں کہ میں پہلے میاں کو کھانا کھلاتی تھی پھر خود کھاتی تھی۔ اس دن دو بج گئے۔ سوچتے سوچتے ایک ترکیب سمجھ میں آئی کہ بدھو کے ہاتھ میاں کا کھانا دفتر بھیج دوں۔ اس سے جاکر پوچھا۔

"بدھو! میاں کا کھانا دفتر دے آؤ گی؟"

اس نے گردن ہلا کر کہا۔

"میں.....!"

جب میں نے دیکھا کہ وہ جانے پر راضی ہے، تو جلدی جلدی خوشبودار چمبیلی کا تیل اس کے بالوں میں

میں ڈال کر کنگھی کی۔ پھر اپنی چمپا کلی اس کے گلے میں پہنائی، ہاتھوں میں کڑے پاؤں میں پازیب باندھی۔ زبردستی کانوں میں جُھمکے پہنائے ۔ وہ میں میں کر کے چیخی ۔ مگر میں کہاں ماننے والی تھی۔ ماتھے پر ٹیکا باندھا ۔ اے بہن اس قدر پیاری لگ رہی تھی کہ کیا بتاؤں ۔ کالے رنگ کی تھی۔ اس پر سونے کا زیور لاکھ لاکھ بناؤ دے رہا تھا ۔ زیور پہنا کر اپنا بھاری دوپٹہ اس کی پیٹھ پر باندھ دیا۔ پھر اجلے دسترخوان میں کھانا باندھ کر اس کے گلے میں لٹکا کر دروازے کے باہر نکالا ۔ وہ خوش خوش چھن چھن کرتی گلی میں سے بھاگی۔ میں نے کھانا کھایا ۔ برتن صاف کئے پھر پان کھا کر پلنگ پر لیٹی ہی تھی کہ میاں گھبرائے ہوئے آئے اور آتے ہی کہا

"بیوی جلدی کھانا دو"

مجھے ہنسی آگئی ۔ میں نے کہا۔

"مجھ سے مذاق نہ کرو۔"
میاں نے کہا۔
"مذاق کیسا میں کھانا مانگ رہا ہوں۔ جلدی کرو۔"
میں نے پوچھا۔
"کیا ابھی تک تمہارا کھانا نہیں پہنچا؟"
میاں نے کہا۔
"کھانا کون لے کر گیا ہے؟"
میں نے جواب دیا۔
"اپنا ہی آدمی لے گیا ہے۔"
میاں نے تیز آواز سے پوچھا۔
"اپنا آدمی کون ہے؟"
میں نے بھی ذرا اونچی آواز سے کہا۔
"تم بدھو کو نہیں جانتے۔ آخر چھ مہینے سے کھڑے

ٹکڑے کھا رہی تھی۔ میں نے ایک دفعہ اس سے کام لے لیا تو تم غصّہ کرنے لگے۔"

میاں نے غصّہ سے کہا۔

"اس جانور کے ہاتھ تم نے کھانا بھیج دیا۔ آج بھوکا مروں گا۔"

میں نے ہنس کر کہا،

"جانور کیسا، میں نے اسے آدمی بنا کر بھیجا ہے۔"

میاں نے پوچھا،

"آدمی کیسے بنایا کیا تم جادوگرنی ہو؟"

میں نے ہنس کر کہا،

"جادوگرنی کیوں ہونے لگی۔ میں نے اس کو خوب بنا سجا کر بھیجا ہے۔ آخر بھری کچہری میں جاتی۔ تمہاری عزت کے خیال سے اپنا سارا زیور پہنایا۔ بھاری دوپٹہ اڑھایا۔ اُجلے

دسترخوان میں کھانا اس کے گلے میں باندھا۔ دروازے تک پہنچانے گئی۔ تمہارے سر کی قسم جب وہ گلی میں سے چھن چھن کرتی ہوئی گئی ہے تو لوگ دیکھ دیکھ کر قہقہے لگا رہے تھے۔ میں نے تو نظر کی دُعا پڑھ کر پھونکی۔ ذرا کچہری جا کر دیکھو سب لوگ اس کو گھیرے کھڑے ہوں گے "

اے بہن! میری باتیں سن کر میاں نے تو اپنا سر پیٹ لیا۔ غصّہ سے لال بھبوکا ہو گئے۔ دروازے کے باہر جاتے ہوئے کہا۔

" کم بخت! یہ تو نے کیا غضب کیا۔ میری عمر بھر کی کمائی برباد کر دی "

گلی میں جا کر میاں نے ایک ایک سے بدھو کا پتہ پوچھا۔ جو سنتا تھا وہ ہنستا تھا۔ غصّہ اور پریشانی کی حالت میں وہ کچہری تک گئے۔ مگر بدھو نہ ملی۔ واپس آ کر میرا ہاتھ

پکڑ کر گھر سے نکال دیا کہ ایسی عورت کا میرے ہاں کام نہیں۔ اب تم ہی بتاؤ یہ بھی کوئی بات تھی۔ جس پر مزدور نے نکال دیا۔"

پیاری بچیو! اب آپ سمجھ گئی ہوں گی کہ خیلا عورت کیسی ہوتی ہے۔ ابھی اس قسم کی چھ عورتوں کی آپ بیتیاں اور سنئے۔

(۲)

دوسری بولی۔

"بہن! میرے میاں کافی روپے والے تھے۔ وہ تجارت کرتے تھے۔ چھ مہینے گھر پر رہتے تھے، چھ مہینے باہر۔ میری شادی کو ایک ہی مہینہ گزرا تھا کہ میاں کا پردیس جانا نکل آیا۔ انھوں نے میری تنہائی کے خیال سے میری اماں کو بلا لیا۔ گھر میں ایک سال کا سامان بھروادیا۔ گیہوں، چاول، چینی، دالیں، مصالحے غرض ہر چیز اکٹھی منگوا کر

رکھ دی۔ اوپر کے خرچ کے روپے الگ دے دیئے۔ اس کے علاوہ بیس روپے شبرات کے، بیس رمضان کے بیس عید کے، بیس روپے بقرعید کے، بیس محرم کے زیور کپڑا تو میرے پاس بہت تھا۔ کسی چیز کی کمی نہیں تھی۔

میاں کے جانے کے بعد میں نے اماں سے کہا،

"میں چاہتی ہوں میاں جس جس کے روپے دے گئے ہیں وہ میں آج ہی اُن سب کو دے دوں۔"

اماں نے کہا،

"ہاں بیٹی! ضرور دے دو۔"

خیر بہن! میں دروازے کے پاس جا کر کھڑی ہو گئی تھوڑی دیر میں گلی میں سے ایک آدمی جا رہا تھا۔ میں نے اس کو آواز دے کر پوچھا،

"کیا تمہارا نام شبراتی ہے۔؟"

اُس نے کہا،
"کیا کام ہے شبراتی سے۔؟"
میں نے کہا،
"میرے میاں تمہیں بیس روپے دے گئے ہیں۔"
وہ بولا،
"ہاں میرا نام شبراتی ہے۔ لاؤ میرے روپے۔"
میں دوڑی دوڑی اماں کے پاس گئی اور بیس روپے شبراتی کو دے دیئے۔ تھوڑی دیر میں ایک آدمی اور آیا۔ میں نے اس سے پوچھا،
"کیا تمہارا نام رمضانی ہے۔؟"
اس نے کہا،
"ہاں۔!"
میں نے جلدی سے بیس روپے اس کو دے دیئے۔

وہ ہنستا ہوا چلا گیا۔ اماں کو جاکر سنایا۔ وہ بھی خوش ہوئیں کہ چلو دو آدمیوں کے روپے تو ان کو پہنچ گئے۔ میں پھر دروازے کے پاس آئی۔ ایک آدمی اور نظر آیا۔ اُس سے پوچھا۔

"بھائی تمہارا نام عیدو تو نہیں ہے؟"

اُس نے کہا،

"ہاں! میں عیدو ہوں۔"

میں نے جلدی سے اس کے بھی بیس روپے دے دیئے۔ وہ ہنستا ہوا چلا گیا۔ پھر تھوڑی دیر میں بکرا عیدو بھی آگیا، اس کے روپے بھی دے دیئے۔ میں کھڑے کھڑے تھک گئی تھی۔ اب صرف ماموں کے بیس روپے رہ گئے تھے۔ میں نے سوچا کل دوں گی مگر تھوڑی دیر میں وہ بھی آگیا۔ میں خوش ہوگئی۔ اس نے آتے ہی کہا،

"میرا نام اماسی ہے۔"

میں نے بیس روپے اس کے دے کر خدا کا شکر ادا کیا۔ اماں سے جا کر کہا۔ انہوں نے کہا،

"بیٹی! کسی کا قرض نہیں رہنا چاہیے۔ اچھا ہوا آج ہی سب کے دے دیئے۔"

گھر میں جو سامان میاں نے بھروا دیا تھا اس سے بھی میرا دل گھبراتا تھا۔ میں روز محلہ میں جا کر پوچھ لیتی تھی کسی کو آٹے کی ضرورت ہو تو میرے ہاں سے لے جانا۔ کسی کو گھی شکر چاہیے ہو تو مانگ لینا۔ غرض کوئی پانچ سیر آٹا لے جاتی۔ کوئی گھی۔ کوئی چاول، دالیں۔ سب چیزیں میں خوشی خوشی دے دیتی تھی۔ کوئی ہمسائی کہیں مہمان جاتی تو میرا زیور کپڑے مانگ کر پہن جاتی۔ غرض بہن پندرہ بیس دن میں سب سامان ختم ہو گیا۔ نہ زیور کپڑا ہی نہیں رہا۔ دونوں ماں بیٹیوں

کے تن پر جو کپڑے تھے وہی رہ گئے۔ فاقے پڑنے لگے۔ خرچ کے لئے جو روپیہ میاں دے گئے تھے وہ محلہ والوں نے قرض لے لیا۔ جب بہت ہی بری حالت ہوئی تو میاں کو تار دلوایا کہ اگر ہماری زندگی چاہتے ہو تو فوراً آؤ۔"

وہ پریشان ہوکر دوسرے دن آگئے۔ ہم دونوں کی بُری حالت تھی۔ دو وقت کا فاقہ تھا۔ میاں دیکھ کر گھبرا گئے۔ پوچھا،

"کیا چوری ہوگئی کیا ہوا؟ میں تو ایک سال کا سامان بھروا کر گیا تھا۔ ہر تہوار کے روپے الگ دیئے تھے۔ گھر کے خرچ کے الگ۔ کچھ بتاؤ تو سہی۔"

میں نے کہا،

"تم نے بیس روپے شبراتی کے دیئے تھے۔ وہ اس

کو دے دیئے۔ بیس رمضانی کو دیئے۔ بیس عیدو کو بیس بکرا عیدو کو، بیس امامی کو۔ جس دن تم گئے تھے اسی دن دے دیئے تھے۔ میں کیوں اپنے اوپر کسی کا بار رکھتی۔ محلہ پڑوس میں لوگ فاقے مرتے تھے۔ آٹا، دال، چاول وغیرہ ان کو دے دیا کرتی تھی۔ ایک ہمسائی کو روپے کی ضرورت تھی خرچ کے روپے ان کو قرض دے دیئے۔"

بس بہن اتنا سننا تھا کہ میاں تو غصہ سے کانپنے لگے۔ ایک کہی نہ دو ہاتھ پکڑ کر گھر سے نکال دیا۔ بھلا یہ بھی کوئی بات تھی۔ جس پر مردوئے نے چھوڑ دیا۔

پیاری بچیو! دو خیلاؤں کی کہانیاں آپ نے سن لیں۔ اب آپ خود انصاف کیجئے قصور کس کا تھا۔

اچھا سنئے! تیسری نے اپنی آپ بیتی اس طرح شروع کی۔

(۳)

تیسری بولی :۔
"بہن میرے میاں بھی دفتر میں نوکر تھے ۔ کپڑا زیور اللہ کا دیا سب کچھ میرے پاس تھا ۔ آرام سے زندگی گزر رہی تھی۔
میری شادی کو کوئی تین مہینے ہو گئے تھے ۔ میاں کو سب کھانوں سے زیادہ ہریرا پسند تھا۔ جب کبھی میں ہریرا پکاتی تھی میاں یہی کہتے تھے۔

"بیوی تم بہت تھوڑا سا پکاتی ہو۔ میں دل بھر کر نہیں کھاسکتا۔ زبان چاٹتا رہ جاتا ہوں۔ کسی دن بہت سا پکاؤ کہ دل بھر کے کھاؤں"۔

بہن! یہ سنتے سنتے میرا جی جل گیا۔ ایک دن صبح کو میاں تو گئے دفتر۔ میں نے کیا کام کیا ہمسائی کو بلاکر دس روپے دیئے کہ اپنے میاں سے سوجی شکر اور گھی منگوادو۔

بنئے کی دکان پاس ہی تھی۔ تھوڑی دیر میں سب چیزیں آگئیں۔ گھر میں کنواں تھا۔ سوجی، چینی گھی اس میں ڈال دیا اور لمبا سا بانس لے کر چلانا شروع کیا۔ تھوڑی دیر میں ڈول سے نکال کر چکھا تو پھیکا پانی۔ روپے میرے پاس اور نہیں تھے۔ میں نے ہمسائی کو اپنے ہاتھوں کے کڑے دیئے کہ اسے بیچ کر اور سامان منگوادو۔

ہمسائی بے چاری نے اسی وقت اور چیزیں منگوا دیں۔ وہ بھی میں نے کنواں میں ڈال دیں۔ دو چار دفعہ بانس چلا کر چکھا۔ پھر پھیکا۔ مجھے بڑا غصہ آیا۔ میں نے اپنا سارا زیور ہمسائی کو دے کر کہا۔ یہ اپنے میاں کو دو۔ ایک ایک بوری شکر اور سوجی منگوا دو۔ وہ بے چاری مجھ سے بڑی محبت کرتی تھی۔ اسی وقت اپنے میاں کو بھیج کر دو بوریاں منگوا دیں۔ میں نے بوریاں کھول کر خوشی خوشی کنویں میں ڈال دیں اور زور زور سے بانس چلانا شروع کیا۔ اب جو نکال کر چکھا تو گاڑھا بھی ہو گیا تھا اور کچھ کچھ میٹھا بھی۔ میں نے کھڑکی میں سے ہمسائی کو بلا کر چکھایا، انہوں نے بھی کہا،

"ہاں بہن! گاڑھا تو ہو گیا ہے۔ مگر ذرا پھیکا ہے"
میں نے بھی یہی کہا،

"ہاں بہن! پھیکا تو ہے۔ میاں کو تو خوب میٹھا پسند ہے۔ اب کیا کروں نہ روپیہ رہا نہ زیور۔"

ہمسائی نے کہا،

"مکان رہن رکھ دو۔"

یہ ترکیب میری سمجھ میں آگئی۔ میں نے کہا،

"تم ہی اپنے میاں سے کہہ کر یہ کام بھی کروادو. مگر ذرا جلدی۔ چار بج گئے ہیں پانچ بجے میاں آجاتے ہیں۔"

ہمسائی بے چاری جلدی جلدی گئیں اور کوئی دس منٹ میں سو روپے میں مکان رہن رکھواکر ایک بوری شکر کی منگوا لائیں۔

میں نے جلدی سے کنوئیں میں ڈال کر جلدی جلدی بانس چلائے۔ اب جو نکال کر چکھا تو خوب میٹھا ہوگیا

تھا۔

اُس دن میں نے کھانا بھی نہیں پکایا تھا۔ سارا دن ہریرے میں لگی رہی۔ کنوئیں میں ہریرا بنانا کوئی آسان کام تو ہے نہیں۔ بانس چلاتے چلاتے تھک کر چور ہو گئی تھی۔ ہاتھوں میں چھالے پڑ گئے تھے۔
شام کو میاں آئے تو میں کنوئیں کے پاس پلنگ بچھائے پڑی تھی۔ انھوں نے آتے ہی کہا۔
"بیوی بڑی بھوک لگ رہی ہے۔ جلدی کھانا لاؤ:
میں نے کہا،
"تم دیکھ نہیں رہے۔ آج میں بہت تھکی ہوئی ہوں:
میاں نے کہا،
"کیا کام تھا جو تھک گئیں"
میں نے جواب دیا۔

"آج میں نے تمہارے واسطے اتنا ہریرا بنایا ہے کہ خوش ہو جاؤ گے۔"
میاں نے کہا،
"پہلے کھانا دو پھر ہریرا کھاؤں گا۔"
میں نے غصہ سے کہا،
"سارا دن تو ہریرا بنانے میں لگی رہی ۔ کھانا کس وقت پکاتی۔"
میاں نے جھنجلا کر کہا۔
"اچھا ہریرا ہی لاؤ ۔ اسی سے پیٹ بھروں۔"
میں خوشی خوشی اٹھی ۔ ڈول رسی لے کر کنوئیں کے پاس گئی ۔ میاں بولے ۔
"خالی پیٹ میں پانی نہیں پیوں گا۔"
میں نے ہنس کر کہا۔

"ذرا صبر تو کرو۔ پانی کون پلا رہا ہے"

بس بہن میں نے جلدی سے ڈول بھر کر ہریرا نکالا اور ایک چمچہ زبردستی میاں کے منہ میں دیتے ہوئے کہا۔

"ذرا کھا کر دیکھو"

انھوں نے ابکائی لے کر کلی کر دی اور مجھ سے کہا۔

"لاحول ولاقوۃ! یہ کیا کیچڑ میرے منہ میں دے دی ـــــ"

یہ سن کر میرا تو غصّہ سے برا حال ہو گیا۔ سارا زیور بیچا اور مکان رہن رکھا۔ سارا دن تھکی۔ میاں نے اس کو کیچڑ کہہ دیا۔ میں نے بھرا ڈول ہریرے کا اٹھا کر پھینک دیا۔ اور میاں سے کہا۔

میری تعریف، تو کرتے نہیں ساری عمر ہریرا کھاؤ گے

جب بھی ختم نہیں ہوگا۔ چار بوریاں سوجی کی، چار شکر کی۔ بیس سیر گھی ڈالا ہے۔ ذرا ہمسائی کے میاں سے پوچھو انھوں نے میرا سارا زیور بیچ کر سامان لا کر دیا ہے۔"

میاں نے گھبرا کر کہا،

"زیور بیچ دیا۔"

میں نے کہا۔

"اس سے بھی کام نہیں چلا۔ ہریرا پھیکا رہا تو میں نے مکان رہن رکھا۔ ایک بوری شکر کی اور ڈالی جب میٹھا ہوا ہے۔"

اے بہن! کم بخت نے ایک کہی نہ دو۔ ہاتھ پکڑ کر گھر سے نکال دیا۔ کہ جا ایسی عورت کا میرے گھر میں کام نہیں۔ اب تم ہی بتاؤ میرا کیا قصور تھا جس پر مردوئے نے چھوڑ دیا۔"

پیاری بچو! تینوں خیلاؤں کی آپ بیتیاں آپ نے
سن لیں ۔ پسند آئیں یا نہیں؟

(۴)

اب سنیئے چوتھی نے اپنی کہانی شروع کی۔
"بہن! میرے میاں سوداگر تھے۔ زعفران، کیوڑہ گلاب، عطر اور سفیدہ ڈھیروں گودام میں بھرا ہوا تھا۔ روزانہ گاہک مال لینے آتے تھے۔ کبھی میاں بھی باہر جاتے تھے۔ گھر میں لونڈیاں تھیں باہر خدمت گار۔ زیور کپڑے کی کوئی کمی نہ تھی۔ مگر میری ہمیشہ کی یہ عادت تھی کہ پندرہ پندرہ دن کنگھی نہیں کرتی تھی۔

یک ایک مہینہ کپڑے نہیں بدلتی تھی۔

میاں جب گھر میں آتے تھے یہی کہتے تھے۔

"بیوی! نہ کپڑے بدلتی ہو، نہ زیور چوڑیاں پہنتی ہو۔ گھر کی لونڈیاں بھی تم سے اچھی رہتی ہیں۔ یہی حالت گھر کی ہے۔ مکڑیوں کے جالے لگے ہیں۔ کوڑے کے ڈھیر ہیں۔ لونڈیوں سے کہہ کر گھر صاف کروایا کرو۔ خود صاف رہا کرو۔ زیادہ تر تو میں باہر ہی رہتا ہوں۔ ابھی تو تمھاری شادی کو دو تین مہینے ہی ہوئے ہیں۔ بال بچے ہو جائیں گے تو کیا کرو گی؟"

میں ہمیشہ یہی جواب دیتی کہ ہم سے نہیں ہو سکتا۔ مگر وہ مانتے ہی نہ تھے۔ جب گھر میں آتے یہی کہتے۔

"کیسا گندہ گھر رکھتی ہو۔ خود بھی ایسی گندی رہتی ہو۔ دور سے تمھارے کپڑوں سے بدبو آتی ہے۔"

آخر بہن ! میں بھی آدمی تھی ۔ سنتے سنتے جی جل گیا۔

ایک دن میاں ۔دو دن کے لئے کہیں گئے ۔ گودام کی کنجی میرے پاس تھی ۔ میں نے کیا کام کیا ۔ گودام کھول کر سفیدہ کی بوریاں نکلواکر دیگوں میں گھلوائیں اور سارے گھر میں سفیدی کرائی ۔ لونڈیوں نے منع کیا تو ان کو خوب ڈانٹا ۔ جب پورا گھر سفید ہوگیا تو گلاب اور کیوڑہ کے کنٹر کھلواکر زعفران کے سب ڈبے اس میں ڈال دیئے ۔ اور خوب چولہے میں اس کو پکا کر سفیدی کے اوپر زعفران کا پوترا پھروا دیا ۔ بس یہ معلوم ہوتا تھا کہ بسنت پھولی ہوئی ہے ۔

ایک دن تو گھر صاف کیا ۔ دوسرے دن گرم پانی کرواکر اس میں عطر ڈال کر خوب نہائی ۔ چوتھی کا بھاری جوڑا پہنا ۔ سارا زیور اور کہنیوں تک چوڑیاں

پہن کر گاؤ تکیہ سے لگ کر بیٹھ گئی۔

شام سے ذرا پہلے میاں جلدی جلدی کرتے ہوئے دروازہ سے ہی انھوں نے کہا۔

"کیا کوئی عطر کا کنٹر ٹوٹ گیا۔ آج تو گھر میں بڑی خوش بو آرہی ہے۔"

وہ اس قدر جلدی میں تھے کہ کسی طرف نہیں دیکھا۔ سیدھے میرے پاس آئے۔ میں گاؤ تکیئے سے لگی بیٹھی تھی۔ مجھے دیکھ کر وہ خوب ہنسے اور کہا۔

"بیوی جلدی گودام کی کنجی دو۔"

میں نے اپنے اور کپڑوں کی طرف دکھلاتے ہوئے کہا۔

"ذرا ادھر تو دیکھو!"

میاں نے کہا،

"ابھی آ کر دیکھتا ہوں۔ پہلے کنجی دے دو۔"
میں نے گھر کی دیواروں کی طرف اشارہ کر کے کہا،
"یہ نہیں دیکھا؟"
میاں نے نگاہ اٹھا کر دیکھتے ہوئے کہا،
"واہ وا! دو دن میں سفیدی رنگ سب کچھ کروا لیا اچھا جلدی کنجی دو۔ باہر گاہک کھڑے ہیں۔ کئی ہزار کا سودا اس وقت ہو جائے گا۔"
میں نے کہا،
"گودام میں کیا رکھا ہے۔"
میاں بولے،
"یہی کیوڑہ، زعفران وغیرہ۔"
میں نے جواب دیا،
"وہاں اب کچھ نہیں ہے۔"

میاں نے گھبرا کر کہا،

"سامان کہاں گیا۔ کیا چوری ہو گئی؟"

میں نے کہا،

"چوری کیوں ہونے لگی۔ اپنے گھر کو نہیں دیکھتے۔ تم خود ہی تو ہمیشہ کہا کرتے تھے نہ گھر کو صاف رکھتی ہو، نہ خود صاف رہتی ہو۔ میں نے سفیدہ کی بوریاں دیگوں میں گھلوا کر سارے گھر میں سفیدی کروائی۔ کیوڑہ گلاب میں زعفران پکوا کر اوپر سے رنگ کروایا۔ کیا تمھیں خوش بو نہیں آ رہی۔ سارا گھر مہک رہا ہے۔ عطر سے میں خود نہائی آ کر سونگھو۔ ہمیشہ کہتے تھے تمھارے کپڑوں سے بدبو آ رہی ہے۔"

بس بہن اتنا سننا تھا کہ پہلے تو میاں اپنا سر پکڑ کر بیٹھ گئے۔ تھوڑی دیر کے بعد میرا سارا زیور اتار کر کہا،

"جا نکل میرے گھر سے ۔ مجھے برباد کر دیا"
میری بہنو! تم نے سنا اتنی سی بات پر مردوُ ے
نے چھوڑ دیا"

(۵)

پیاری بچو! اب پانچویں کی آپ بیتی سنیے ۔

"بہن! میری شادی کو ایک ہی مہینہ گزرا تھا کہ میاں کا پردیس جانا نکل آیا۔

مجھے اپنے میاں سے بہت محبت تھی ۔ آٹھ دن کی جدائی بھی گوارا نہیں تھی ۔ میاں کے جانے سے کئی دن پہلے میں نے رونا شروع کیا۔ وہ مجھے سمجھاتے تھے کہ جلدی آجائیں گے ۔ گھبرانے کی بات نہیں ۔خیر جب جانے

گئے تو میں نے پوچھا،

"یہ تو بتاتے جاؤ کہاں جارہے ہو۔ کتنی دور جگہ ہے ۔میں جا سکتی ہوں یا نہیں؟"

میاں نے کہا،

"بیوی، میں بہت دور جارہا ہوں ۔ بیچ میں دریا پڑتا ہے ناؤ میں بیٹھ کر اُس پار جاتے ہیں۔"

میں چپ ہوگئی ۔ رات تو خیر کسی نہ کسی طرح کٹ گئی۔ صبح اٹھ کر میرا جی گھبرایا۔ گھر میں ایک لونڈی بھی تھی۔ میں نے اس سے کہا،

"میں تو بغیر میاں کے رہ نہیں سکتی۔کسی طرح میاں کے پاس لے چل۔"

اُس نے جواب دیا،

"بیوی کوئی سیدھا راستہ ہوتا تو میں لے بھی چلتی

میاں کے پاس جانے میں تو دریا پڑتا ہے۔ کیسے جائیں گے؟"

آخر سوچتے سوچتے خود ہی ایک ترکیب میری سمجھ میں آئی۔ میں نے لونڈی سے کہا،

"اپنے گھر میں دریا بنالیں۔"

وہ بھی سن کر خوش ہوگئی۔ میں نے اسی وقت اس کو بھیج کر راج مزدوروں کو بلایا اور گھر کی نالیاں۔ روشن دان۔ کھڑکیاں سب بند کروادیں۔ اس کے بعد برآمدہ میں بھی اینٹیں چنوادیں۔ سارے گھر کا سامان بھی اندر بند کردیا۔ بس اپنا زیور اور جو روپیہ تھا وہ نکال لیا اور ہم دونوں چھت پر جا بیٹھیں اور پچھواڑے کی طرف سیڑھی لگواکر بہشتی سے کہا،

"تم انگنائی میں مشکیں چھوڑنی شروع کردو۔"

جتنا روپیہ میاں دے گئے تھے سب کا پانی بھروالیا۔

لونڈی نے نیچے آکر دیکھا تو گھٹنوں گھٹنوں پانی تھا۔ اُس نے اوپر آکر کہا،

"بیوی! اب کیا ہوگا؟"

میں نے جواب دیا،

"اب تو سیڑھی پر سے اتر کر جا اور میرے کڑے بیچ کر جلدی سے روپیہ لا۔"

غرض بہن کہاں تک کہوں۔ ایک ایک کرکے سارا زیور بیچ دیا۔ اور پانی بھرواتی گئی۔ مگر وہ کسی طرح اوپر تک نہیں پہنچا۔ آخر کو میں نے لونڈی کو محلہ والوں کے پاس بھیج کر یہ کہلوایا کہ کوئی اللہ کا بندہ ہمارا گھر خرید لے اور اتنا پانی بھروا دے کہ اوپر تک آجائے۔ سب نے انکار کر دیا۔ مگر خدا بھلا کرے اس بے چارے بہشتی کا۔ اس نے مجھے اطمینان دلایا کہ مکان مجھے دے دو میں

پانی بھر دوں گا۔ میں خوش ہوگئی اور اس سے کہا،

" اللہ تیرا بھلا کرے تو پانی بھر دے۔ پھر تو ہم دس منٹ میں دریا پار نکل جاویں گے۔"

بس بہن! پھر تو دس بارہ بہشتی لگ گئے اور شام ہونے سے پہلے پہلے گھر کی منڈیر تک، پانی آگیا۔ لونڈی نے پہلے ہی سے گھڑے لاکر رکھ لئے تھے۔ دونوں گھڑوں پر بیٹھ کر دریا میں تیرنے لگیں۔ کبھی میں آگے نکلتی تو لونڈی غل مچاتی۔

"اے بیوی! مجھے اکیلا چھوڑ کر نہ چلی جانا۔"

کبھی لونڈی آگے ہوجاتی تو میں چیختی۔

" اری کم بخت مُردی تو کہاں چلی۔ پہلے میں میاں کے پاس جاؤں گی۔"

غرض اسی طرح ڈوبتے اچھلتے شام ہوگئی۔ ہاتھ پاؤں

شل ہو گئے۔ گیلے کپڑوں کی وجہ سے دونوں سردی سے کانپ رہی تھیں۔ مجھے یہ فکر تھی کہ اس بیچ منجدھار میں اگر رات ہو گئی تو کیا ہو گا۔ اس نے جواب دیا۔

"بیوی گھبراتی کیوں ہو۔ اپنی چھت پر جا بیٹھیں گے میں پیچھے سے اتر کر ہمسائی سے کھانا مانگ لاؤں گی۔ پھر صبح دریا میں اتر جائیں گے۔"

مجھے اس کی بے وقوفی پر ہنسی آئی۔ میں نے کہا،

"اری کم بخت! اب گھر کہاں رہا۔ ہمسائی کیسی دیکھتی نہیں بیچ دریا میں غوطے کھا رہے ہیں۔"

اسی وقت لونڈی چلائی۔

"بیوی! بیوی!! تم ڈر رہی تھیں کہ رات ہو جائے گی۔ وہ دیکھو سامنے میاں کھڑے ہیں۔"

اب جو میں نے نگاہ اٹھا کر دیکھا تو سچ مچ چھت

پر میاں کھڑے ہیں۔ میں نے زور سے چیخ کر کہا۔
"دیکھو! تم ہمیں چھوڑ کر چلے گئے تھے مگر ہم تمہارے پاس پہنچ گئے۔"
میاں حیران و پریشان دیکھ رہے تھے۔ میں نے کہا،
"دیکھ کیا رہے ہو۔ اب ہمیں دریا سے نکالو۔"
میاں نے غصہ سے کہا۔
"کم بختو! یہ تم نے کیا حالت بنائی ہے۔ سارے محلہ والے ہنس رہے ہیں۔ میں تو ضروری کاغذ بھول گیا تھا اس کو لینے آیا تھا۔ گھر کے دروازہ پر پہنچا تو وہ اینٹوں سے بند تھا۔ پچھواڑے کی طرف گیا تو بہشتی نے کہا۔
"ان دونوں عورتوں کو نکالو گھر میرا ہے۔"
غرض بہن! موٹا سا رستہ پہن کر میاں نے ہم دونوں

کو نکالا۔ لونڈی کو تو انھوں نے خوب مارا اور مجھ سے کہا۔
"جا نکل میرے گھر سے۔ ایسی پاگل عورت کا میرے
ہاں کام نہیں"۔
بس بہن! اتنی سی بات پر مردوئے نے نکال دیا۔"
پیاری بچیو! پانچ خیلاؤں کی آپ بیتیاں سن لیں
شاید آپ کو پسند ہوں۔ اب سنیئے چھٹی کی کہانی۔

(۶)

چھٹی نے کہا:۔

"بہن! میری شادی کو ایک ہی مہینہ گزرا تھا کہ رمضان شریف شروع ہو گئے۔

ساس نندیں اپنے اپنے گھر چلی گئیں۔ میں بھی خوش ہو گئی۔ ہر بات میں بولتی تھیں۔ ساس نے نصیحتیں کرتے کرتے ناک میں دم کر دیا تھا۔ میرے میاں معقول تنخواہ کے افسر تھے۔ گھر میں ایک ماما، باہر نوکر۔ زیور کپڑا کسی

چیز کی کمی نہیں تھی۔ ساس نندوں کے جانے کے بعد میں خود سارا انتظام کرنے لگی۔

ایک دن میاں نے کہا،

" بیوی! کئی جگہ روزہ افطار کر چکا ہوں۔ دعوتیں کھا چکا ہوں۔ میں چاہتا ہوں الوداع کے دن اپنے دوستوں اور افسروں کو افطار پر بلاؤں اور کھانا بھی کھلاؤں۔"

میں نے کہا،

" شوق سے بلاؤ۔"

انھوں نے کہا،

"کھانا باورچی پکائیں گے۔ کچھ افطاری بازار سے آجائے گی۔ کچھ گھر میں بنالینا۔ تمھارا کام تو بس یہ ہوگا کہ کھانا نکال کر بھجوادینا۔"

میں نے ان کو اطمینان دلایا کہ سب ہو جائے گا تم فکر نہ کرو۔

خیر بہن! الوداع کے دن صبح سے میں نے تیاری شروع کردی۔ باہر باورچی کھانا پکا رہے تھے۔ گرمی کا موسم تھا۔ کئی قسم کے شربت فالودہ الگ، تخم ریحاں کا شربت الگ۔ روح افزا الگ، باداموں کا الگ۔ افطاری میں بھی بیسیوں چیزیں تھیں۔ سادی پھلکیاں پالک کے پتے، دہی بڑے، سموسے، آلو کے کچالو، ککڑیاں، خربوزہ کی راحت جاں۔ غرض بہن کہاں تک بتاؤں۔ مجھے تو اب یاد بھی نہیں رہا۔

انگنائی میں کئی میزیں افطاری سے بھری ہوئی تھیں۔ میں کوٹھے پر رہتی تھی۔ کھڑکی میں سے تماشہ دیکھ رہی تھی۔

مہمان آنے شروع ہوئے۔ پہلے تو میں گنتی رہی جب چالیس سے زیادہ ہوگئے تو مجھے غصہ آگیا۔

"کم بختوں کو کیا اپنے گھروں میں کھانا نہیں ملتا۔ موئے ندیدے۔ کسی نے بلوا دیا اور دوڑے چلے آئے۔"

میں وہاں سے چلی آئی۔ باورچی نے کھانا کوٹھے پر پہنچادیا۔ میں نے کھیر کے پیالوں پر چاندی کے ورق لگائے۔ سو پیالے تھے خوب بڑے بڑے۔ میں نے کام کے خیال سے اس دن روزہ نہیں رکھا تھا ایک پیالہ چکھ کر دیکھا خوب میٹھی مزیدار تھی۔ اور اس قدر اچھا دودھ تھا کہ بالکل کھویا معلوم ہوتی تھی۔ ایک ہی پیالہ کھاکر میرا جی بھر گیا۔

اتنی دیر میں افطار کا گولا چل گیا۔ میں دوڑ کر کھڑکی کے پاس گئی۔ سب مہمان میزوں پر جھکے ہوئے

ہوئے تھے۔ پہلے تو بھر بھر گلاس شربتوں کے پینے
شروع کئے۔ میرے دیکھتے ہی دیکھتے سارے جگ
خالی ہو گئے۔ پھر جو افطاری پر ٹوٹے ہیں تو سب
میزیں خالی کر دیں۔ میرے پیٹ میں تو ہول
اُٹھنے لگی کہ گھڑوں تو یہ لوگ شربت پی گئے اور
ڈھیروں افطاری کھائی۔ اگر کھانا بھی کھایا تو ہیضہ
ہو جائے گا۔ گرمی کا موسم ہے۔ میرے میاں کی بدنامی
ہوگی۔ بس بہن وہ سب لوگ تو نماز پڑھنے
کھڑے ہوئے اور میں نے کیا کام کیا کہ پچھواڑے
جو کھڑکی کھلتی تھی پہلے تو کھیر کے پیالے نیچے پھینکے، اس
کے بعد شیر مالیں پھینکیں پھر بڑی مشکل سے قورمہ اور
بریانی کے پتیلے گرائے۔
غرض سب کھانا پھینک کر میرے دل کو اطمینان

ہوا۔ میں بیٹھنے بھی نہ پائی تھی کہ میاں جلدی جلدی اوپر آئے اور آتے ہی کہا۔

"بیوی! ابھی تک تم نے کھانا نہیں نکالا۔ جلدی کرو۔"

میں نے کہا،

"تم میری بات تو سنو!"

انھوں نے کہا،

"تمھاری بات بعد میں سنوں گا۔ روزدار بھوکے بیٹھے ہیں۔ جلدی کھانا بھیجو۔"

یہ کہہ کر وہ جانے لگے۔ میں نے ان کا ہاتھ پکڑ لیا۔

"سنو تو بڑی ضروری بات ہے۔"

وہ کھڑے ہوگئے۔ میں نے کہا۔

"دیکھو! تین چار قسم کا شربت سارا تمھارے

مہمانوں نے پی لیا ۔"

انھوں نے کہا ،

"ہاں خوب تعریف کرکر کے پیا ہے ۔"

وہ پھر جانے لگے ۔ میں نے کہا ۔

" ابھی بات پوری نہیں ہوئی "

انھوں نے جھنجلا کر کہا ۔

" جلدی کہو سب لوگ کھانے کے انتظار میں بیٹھے ہیں ۔"

میں نے کہا ،

"کئی میزیں بھری افطاری کھا گئے ۔"

میاں نے کہا ،

" بہت مزے دار افطاری تھی ۔ مگر تمھارا مطلب کیا ہے ۔ ؟"

میں نے کہا،

"دیکھو! گرمی کا موسم ہے۔ اگر ان لوگوں نے کھانا کھایا تو سب کو ہیضہ ہوگا۔ تمہاری بدنامی ہوگی۔"

میاں نے غصہ سے اپنا ہاتھ چھڑاتے ہوئے کہا۔

" بکواس نہ کرو۔ جلدی کھانا بھیجو۔ بہت دیر ہوگئی۔"

میں نے کہا،

کھانا کہاں رکھا ہے جو بھیجوں۔"

انھوں نے گھبرا کر کہا،

" میں نے تو سب کھانا اوپر بھجوا دیا تھا۔ کہاں گیا۔؟"

میں نے ٹھٹھا لگا کر کہا،

"وہ سب میں نے کھڑکی میں سے پچھواڑے پھینک دیا۔ اپنے لئے بھی نہیں رکھا۔ اب کچھڑی پکوا کر

کھاؤں گی۔"

بس بوا، یہ سن کر وہ تو سر پکڑ کر بیٹھ گئے اور مجھ سے کہا،

"کم بخت، بے وقوف! تو نے مجھے بیسیوں آدمیوں میں بدنام کیا۔ نکل جا میرے گھر سے۔ ایسی پاگل عورت کا میرے ہاں کام نہیں۔"

بھلا بہن! یہ بھی کوئی بات تھی۔ جس پر مردوے نے چھوڑ دیا۔"

پیاری بچو! شاید آپ پڑھتے پڑھتے تھک گئی ہوں گی۔ مگر اب صرف ساتویں خیلا کی آپ بیتی رہ گئی ہے۔ وہ بھی سن لیجئے۔

(۷)

سانویں نے کہا:۔

"بہن! میں اپنے سب بھائی بہنوں میں بڑی تھی۔ مگر میری شادی کسی طرح نہیں ہوتی تھی۔ چھوٹی بہنوں کی بھی شادیاں ہوگئیں۔ چھوٹے بھائیوں کی بھی مگر میری قسمت کسی طرح نہیں کھلتی تھی۔

اماں نے بیسیوں منتیں مرادیں مانیں۔ خدا خدا کرکے ایک پیغام کہیں پردیس سے آیا۔ لڑکے کی

تنخواہ کم تھی مگر اماں نے جلدی سے منظور کرلیا۔
سب بہن بھائی تو ایک ہی شہر میں تھے مگر میں پردیس بیاہ کرگئی۔ شروع شروع میں کچھ پتہ نہیں چلا جب میاں نے خرچ میرے ہاتھ میں دیا تو کل پچاس روپے تھے۔ انھوں نے کہا۔
"اسی میں مہینہ پورا کرنا ہے"
اس وقت تو میں چپ ہوگئی۔ مگر بہن! مجھے کہاں روکھا سوکھا کھانے کی عادت تھی۔ میری اماں بہت پیسے والی تھیں۔ اپنے میکہ میں اچھے سے اچھا کھاتی تھی۔ میرے حلق سے دال روٹی نہیں اُترتی تھی۔ میرے جہیز میں دوہرا دوہرا زیور ملا تھا۔ میں نے اپنی ہمسائی کو سہیلی بنالیا اور ہر مہینہ اپنا ایک زیور ان سے بکوادیا کرتی تھی۔ اور اچھے اچھے

کھانے پکاتی تھی ۔ میاں بھی خوش ہوکر کھاتے تھے ۔ اور میرے سلیقہ کی تعریف کرتے تھے ۔

کوئی ایک سال ہی گزرا ہوگا کہ سب زیور ختم ہوگیا ۔ میرے پاس صرف کانوں کی ایک ایک بالی رہ گئی جو میں ہر وقت پہنے رہتی تھی ۔ ایک دن میاں نے دفتر سے آکر کہا ۔

"تمہاری اماں کی بیماری کا خط آیا ہے ۔"

میں رونے لگی اور میاں سے کہا ،

" میرا جانا ضروری ہے ، کیونکہ میں سب سے بڑی ہوں ۔ چھوٹے بھائی بہن پریشان ہوں گے ۔"

میرے میاں میرا بہت خیال کرتے تھے ۔ دو دن کی چھٹی لے کر وہ مجھے میرے میکہ پہنچا آئے ۔

اماں دیکھ کر خوش ہوگئیں ۔ بھائی بہنوں کو بھی اطمینان ہوگیا۔ گھر کا سارا انتظام میرے سپرد کردیا۔

میری اماں بہت روپے والی تھیں ۔ سامان سے گھر بھرا ہوا تھا۔ روپیہ، زیور، کپڑا کسی چیز کی کمی نہیں تھی ۔ اماں کے علاج کے واسطے حکیم ڈاکٹر روزانہ آتے تھے ۔ ہم سب ان کی خدمت میں لگے رہتے تھے ۔ مگر حالت بگڑتی گئی ۔ حکیموں نے جواب دے دیا۔

میں نے اپنے میاں کو خط لکھوا کر بلوایا۔ ان کے آنے کے دوسرے ہی دن اماں کا انتقال ہوگیا۔ ان کو اول منزل کرنے کے بعد میں نے اپنے میاں کو الگ لے جاکر کہا،

"دیکھو! میں سب سے بڑی ہوں۔ اماں کی ہر

فاتحہ میں کروں گی۔"

انھوں نے کہا،

"تم جانتی ہو میرے پاس روپیہ نہیں ہے جو تنخواہ ملتی ہے تمھارے ہاتھ میں دے دیتا ہوں۔ نہ میرے پاس کوئی جائداد ہے نہ ذاتی مکان۔ میں تمھیں کہاں سے روپیہ لاکر دوں۔"

میں نے کہا،

"ضرورت کے وقت قرض لے لیا کرتے ہیں۔ تم بھی مہاجن سے دو ہزار روپیہ مجھے لادو۔"

میرے میاں نے جواب دیا،

"قرض ادا کہاں سے کروں گا۔"

میں نے کہا،

"اللہ مالک ہے۔"

میاں بولے،

"اگر تم اپنی ماں کی چیزوں میں سے کوئی بھاری سے بھاری چیز اڑالو تو میں قرض لینے کی ہمت کروں۔"

میں نے جواب دیا،

"تم اطمینان رکھو، میں ایسی چیز اڑاؤں گی کہ تم بھی خوش ہوجاؤگے۔"

دوسرے دن صبح میں نے بھائیوں اور بہنوں کو بٹھا کر کہا،

"اماں کی ہر فاتحہ میں کروں گی۔" بھائیوں نے منع بھی کیا مگر میں نے کہا: "میں سب سے بڑی ہوں میرا حق ہے۔"

وہ سب چپ ہوگئے۔

سوئم کی فاتحہ میں زردہ ، بریانی ، قورمہ،شیرمال سب کو کھلایا۔ پھر دسواں ، بیسواں ، مہینہ کی فاتحہ میں بھی خوب کھانے پکوائے۔ چالیسویں پر باہر کے رشتہ دار بھی آئے۔

میری بڑی واہ وا ہوئی۔ میرے میاں کی بھی۔ سب نے تعریف کی۔

ان کاموں سے فارغ ہوکر سب گھر کا سامان زیور، کپڑا، روپیہ پیسہ جو کچھ اماں کے پاس تھا سب بھائی بہنوں میں تقسیم ہوا۔ میں نے ہر چیز لینے سے انکار کردیا کیوں کہ سب سے بڑی تھی۔

میرے میاں خاموش بیٹھے مجھے دیکھ رہے تھے

میں نے آنکھ کے اشارے سے ان کو اطمینان دلا دیا۔

اماں کا مکان بھائیوں کو مل گیا۔ میرے میاں بہت پریشان معلوم ہو رہے تھے۔ میں نے ان کو الگ لے جا کر کہا،

"تم گھبراؤ نہیں۔ میں نے بھاری سے بھاری چیز اڑائی ہے۔ جب سب سو جائیں گے، تو دکھاؤں گی۔"

وہ خوش ہو گئے۔ رات کو بارہ بجے میں موم بتی جلا کر میاں کو لے کر کمرہ میں گئی۔ کوٹھری میں بڑا سا قفل میں نے ڈال دیا تھا۔ میاں کو کنجی دے کر کہا،

"لو تم خود کھول کر دیکھو۔"

انھوں نے خوشی خوشی قفل کھولا۔ میں موم بتی لیکر آگے بڑھی۔ وہاں بڑی سی پتھر کی سل دیکھ کر میاں تو خوشی سے اچھل پڑے۔ اور مجھ سے کہا۔

"اچھا اس کے نیچے کوئی تہ خانہ ہے۔ معلوم ہوتا ہے اشرفیاں بھری ہیں۔ میں ابھی چادر لاتا ہوں۔ راتو رات لے کر چلیں۔"

میں نے ہنس کر کہا۔

"کیسی باتیں کرتے ہو، اشرفیاں کہاں سے آئیں۔"

میاں نے کہا،

"کیا جواہرات ہیں؟"

میں نے کہا،

"تم دیکھ نہیں رہے یہ کیا چیز ہے۔؟"

میاں بولے،

"یہ تو پتھر کی سل ہے۔"

میں نے کہا،

"سنو! اماں کے سامان میں پلنگ دیکھے، وہ ہلکے۔ زیور دیکھا وہ ہلکا، غرض ہر چیز اٹھاکر دیکھی سب ہلکی تھیں۔ تم نے کہا تھا بھاری سے بھاری چیز اٹھانا۔ اس پتھر کی سل پر اماں نماز پڑھا کرتی تھیں۔ سچ کہتی ہوں راتوں کو چار چار انگلی سرکاتی تھی۔ میرے تو پیٹ میں بھی تکلیف ہوگئی۔ بڑی مصیبت سے کوٹھری تک لائی ہوں۔ اتنی بڑی سل کا اٹھانا کوئی آسان کام تو نہیں تھا۔

بس بہن! اتنا سننا تھا کہ مردوے نے مجھے ایک دھکا دیا اور کہا۔

"کم بخت مجھے برباد کردیا۔ دو ہزار کا قرض دار ہوگیا۔ لا اپنا زیور اس کو بیچ کر مہاجن کا قرض ادا کروں۔"

میں نے کہا،

"زیور کہاں رکھا ہے۔"

انھوں نے گھبراکر کہا،

"کیا وہ بھی اماں کے مرنے میں خرچ ہوگیا۔؟"

میں نے جواب دیا۔

"وہ کیوں خرچ کرتی۔"

میاں نے کہا،

"پھر کہاں گیا زیور؟"

میں نے کہا،

"تمھاری تنخواہ ہی کتنی تھی۔ مجھے روکھا سوکھا کھانے کی عادت نہیں تھی۔ ہر مہینہ اپنا ایک زیور ہمسائی کے ہاتھ بکوادیا کرتی تھی۔ لو یہ کانوں کی دو بالیاں رہ گئیں ہیں۔ ان کو بیچ کر قرض ادا کر دو۔"

بس بوا! مردوئے نے ایک سنی نہ دو۔ میرا ہاتھ پکڑکر دروازے کے باہر لے گیا۔ اور جنگل میں لے جاکر چھوڑ دیا۔

"جاکم بخت جب میں مصیبت اٹھاؤں گا، تو تجھے کیوں آرام کرنے دو۔"

اب بہنو! تم ہی بتاؤ میرا اس میں کیا قصور تھا۔ خود ہی تو مردوئے نے بھاری سے بھاری چیز کہی تھی۔ وہ میں نے اڑادی۔ چھیوں خیلائیں ہاں میں ہاں ملانے لگیں۔ اب رات بھی تھوڑی سی باقی تھی۔

یہ ساتوں سوت کی گٹھڑیاں اپنے سروں کے نیچے رکھ کر سو گئیں۔

داروغہ جی اپنے پلنگ پر پڑے پڑے اُن ساتوں کی آپ بیتیاں سن رہے تھے۔

صبح جس وقت سپاہی نے ان عورتوں کو پیش کیا تو انھوں نے کہا۔

"ان ساتوں کو چھوڑ دو۔ اور ان کا سوت بکواکر ان کے گاؤں تک پہنچادو۔"

اچھا بچیو! یہ کہانیاں تو ختم ہوگئیں۔ اب اگر میں آپ سے سوال کروں کہ کیا آج کل بھی ایسی عورتیں ہوتی ہیں؟ تو آپ یہی کہیں گی۔

"نہیں آج کل ہر لڑکی اور ہر عورت تعلیم یافتہ ہوتی ہے۔ اس قسم کی حرکت کبھی نہیں کر سکتی۔"

بے شک آپ کا کہنا ٹھیک ہے۔ نہ کوئی عورت بکری کے ہاتھ کھانا بھیجے گی، نہ کنوئیں میں ہریرا پکائے گی۔

پیاری بچیو! یہ زمانہ آزادی کا ہے۔ بہت احتیاط کی ضرورت ہے۔ پہلے لڑکیاں اور عورتیں گھر کی چار دیواری کے اندر رہتی تھیں۔ اگر کوئی بے وقوفی کی بات کر بیٹھتی تھی تو کسی کو کانوں کان خبر نہیں ہوتی تھی۔ لیکن اب آپ پردہ نہیں کرتیں۔ اپنے والدین اور بھائیوں کے ساتھ ہر سیر و تفریح میں جاتی ہیں ہر جلسہ اور مجمع میں شریک ہوتی ہیں۔ اگر خدا نخواستہ کوئی معمولی بات بھی بے وقوفی کی کریں گی تو آپ کے بزرگوں کو شرمندگی ہوگی۔

آپ کو اپنی چال ڈھال کا خیال رکھنا چاہیئے۔ اپنی بات چیت کا دھیان رکھنا چاہیئے اپنی ہنسی پر قابو کی ضرورت ہے۔ اپنا مزاج اور عادات درست کرنے پڑیں گے۔ یہ نہیں کہ بھرے مجمع میں بے ڈھنگی چال سے چلی جارہی ہیں۔ دوپٹہ کا ایک کونہ زمین پر گھسٹ رہا ہے۔ قمیض کا دامن اٹھا ہوا ہے۔ لوگوں کو آنکھیں پھاڑ کر دیکھ رہی ہیں۔ یاآپ کسی کی صورت دیکھ کر خواہ مخواہ ہنس رہی ہیں یا اپنی بہن۔اور سہیلیوں سے سب کے سامنے لڑ رہی ہیں یا بات کرتے وقت طرح طرح کے منہ بنا رہی ہیں۔

اس کے علاوہ بہت سی باتیں ایسی ہوتی ہیں

جن کا خیال رکھنا ضروری ہے۔ابھی آپ چھوٹی چھوٹی بچیاں ہیں۔خدا نے چاہا آگے چل کر بڑی ہو جائیں گی۔کوئی ایسی بات نہیں ہونی چاہیئے جس پر لوگ انگلیاں اٹھائیں۔

بچپن کی عادتیں بڑی پختہ ہوتی ہیں۔اگر آپ بچپن سے تمیز و تہذیب سیکھیں گی تو بڑے ہونے پر آپ کی زندگی بہت خوش گوار گذرے گی۔"

اچھا بچیو! خدا حافظ۔

اے، آر خاتون

بچوں کے لیے دلچسپ کہانیاں

سات کہانیاں

مصنف: یوسف ناظم

بین الاقوامی ایڈیشن شائع ہو چکا ہے